AF190871

Konrad Dimbach

Erinnerungen

mit englischer Übersetzung

© 2025 Gabriele Schindler

2. Auflage

Verlag:

BoD · Books on Demand GmbH, In de Tarpen 42,

22848 Norderstedt, bod@bod.de

Druck:

Libri Plureos GmbH, Friedensallee 273, 22763 Hamburg

ISBN: 978-3-7693-5726-4

Inhaltsverzeichnis / Content

Prolog

Dies sind die Erinnerungen von Konrad Dimbath an seine Kindheit in Ostpreußen und Jugendjahre im Westen Deutschlands nach dem Zweiten Weltkrieg.

Im Jahr 2018 verfasste Konrad Dimbath seinen ersten Entwurf dieser Erinnerungen, nach und nach wurden Einzelheiten geändert, ergänzt und Daten und Orte recherchiert. Für die vorliegende endgültige Version gab es weitere handschriftliche Aufzeichnungen, die eingearbeitet wurden.

Diese Erinnerungen sind auch Zeugnis der Zeit in Ostpreußen, bevor es an Russland fiel. Und sie lassen uns teilhaben an der Zeit des Wiederaufbaus nach dem Zweiten Weltkrieg. Ein Vermächtnis für Freunde und Wegbegleiter und alle Familienmitglieder, in Deutschland und in den Vereinigten Staaten von Amerika.

Ich, Konrad Dimbath, bin am 29.03.1937 an einem Oster-montag in Königsberg/Ostpreußen geboren.

Als wir 2015 in der Toskana, Italien, unsere Carta D'Identi-tà (italienischer Personalausweis) beantragten und ich als Geburtsort Königsberg angab, füllte der zuständige Beamte unserer Gemeinde Fivizzano in das Meldeformular als Nationalität ohne zu zögern „Russisch" ein. Es bedurfte einiger Argumentation und Überredungskunst, der Behörde die Nationalität „Deutsch" abzuringen, da 1937 Königsberg seit Jahrhunderten deutsches Gebiet war. Dabei sind meine Erinnerungen an Königsberg nur recht mangelhaft. Ich weiß, unser Haus am Schwalbenweg 26 in Rothenstein muss etwa 15 Minuten Fußmarsch von der Straßen-bahn-Endhaltestelle „Pferdekopf" entfernt gelegen haben. Meine Mutter trug eine Brille, setzte sie aber außer Hauses selten auf. Wenn wir also zu Fuß zur Straßenbahnhaltestelle gingen und die Bahn sich näherte fragte meine Mutter immer, ob das die Ringelbahn sei. Ich muss so etwa drei bis vier Jahre alt gewesen sein, und die Ringelbahn war die Linie 8, mit der wir dann fahren konnten. Wahrscheinlich sind wir mit dieser Linie auch zu meiner Großmutter im Zentrum von Sackheim gefahren.

Meine Großmutter wohnte im dritten Stockwert eines mehrstöckigen Gebäudes. In der Wohnung gab es ein Paradezimmer und in einer Ecke stand eine Nähmaschine, und es war unser größtes Vergnügen, das Tretbrett so schnell wie möglich mit den Händen zu betreiben, bis das Schwungrad surrte.

In die Küche nebenan gingen wir nur selten. Es ging die Geschichte um, wer in der Küche frech oder ungehorsam war, bekam den nassen Waschkodder um die Ohren gezogen und wie bei einer Peitsche schnellte das letzte Ende des Kodders mit großer Wucht auf die Backe oder ans Ohr, was zum einen schmerzhaft war und wegen des Wasserschwalls auch äußerst unangenehm. Ich muss allerdings gestehen, ich habe diese Tortur nie durchgemacht, ich war nämlich der Liebling meiner Großmutter mit dem Kosenamen Kauerchen.

Boshafte Zungen behaupten, wenn wir weggingen und uns anziehen mussten, soll es geheißen haben „Richard, zieh dir den Mantel an" und „Kauerchen, komm ich helfe dir". Richard ist mein um ein Jahr jüngerer Bruder.

In der Krisenzeit nach dem 1. Weltkrieg war mein Großvater auf einer Pregelfahrt nach Rositten an einem Herzinfarkt gestorben. Schon damals hatte der Krieg tief in die

Familiengeschichte eingewirkt. Großvater Dimbath besaß wohl eine Holzhandlung, die meine Großmutter nach seinem Tod verpachten und dann verkaufen musste. Der Pächter und neue Besitzer konnte die Schulden mit Inflationsgeld zahlen und das Vermögen war weg.

So musste meine Großmutter sich und ihre drei Kinder mit dem Schälen von Bernstein ernähren. Durch die jahrelange Arbeit mit gekrümmten Fingern konnte sie diese nicht mehr strecken und als im höheren Alter die Gicht dazu kam, sahen die Hände wie verkrüppelt aus. Meine Großmutter lebte nach dem Krieg in Osnabrück, ich habe sie als sehr warmherzige und liebe Frau in Erinnerung.

Ein Bruder meiner Großmutter war Onkel Ernst. Er war ehemaliger Gymnasiallehrer und lebte nach dem Krieg in Braunschweig. Ich habe ihn zweimal mit dem Fahrrad besucht. Und seit Menschengedenken bekam jeder Besucher 5 Mark von ihm, schon mein Vater in Königsberg. Meiner Großmutter klagte er später sein Leid in herzzerreißenden Worten: „Ich Idiot, ich Hornochse, wie konnte ich Lieschen nur heiraten? Jetzt macht sie mir das Leben zur Hölle. Ich bin sicher, sie hat mich nur wegen der Pension geheiratet." Er ist dann auch bald gestorben.

An die Wohnung meiner anderen Großeltern Rosenkranz kann ich mich nur noch schwach erinnern. Ich weiß aber, sie hatten ein Klavier, an das wir nicht gehen durften. Meine Mutter hatte zwei Schwestern, die wohl Klavier spielten, aber auch nach Höherem strebten. Eine von ihnen, Tante Gerda, wollte unbedingt einen Grafen heiraten, so hieß es. Sie hatte auch einen Grafen zum Freund, aber am Ende lebte sie als Unverheiratete in Lüneburg. Der Vater dieser Familie, Opa Rosenkranz, war Kraftfahrer, avancierte nach dem Krieg zum Fuhrunternehmer und ist mir als kleine rundliche Person mit Zigarre in Erinnerung. Wieder behaupten böse Zungen, er wäre der letzte Analphabet in Königsberg gewesen.

Über die Herkunft des Namen Rosenkranz haben wir lange diskutiert. Mein Vater hatte ja im Dritten Reich unsere arische Abstammung nachgewiesen, und das, obwohl sich Rosenkranz ziemlich jüdisch anhört. Allerdings wäre das ein Hinweis auf den Ursprung der Intelligenz in unserer Familie, während die praktischen Fähigkeiten dieser Theorie nach von der Großelternseite Schulz stammen könnte.

In Königsberg lebte ich während meiner ersten Lebensjahre in einem Haus am Schwalbenweg. Es handelte sich um ein Siedlungshäuschen im Vorort Rothenstein, holzverschalt mit Erd- und Obergeschoss. Zur Straße hin hatte es ein großes Wohnzimmerfenster, breit genug, um bei schönem Wetter mit meinem Bruder Richard zusammen auf dem Fensterbrett zu sitzen und die Beine nach draußen baumeln zu lassen. Überhaupt habe ich die meisten Erinnerungen an gemeinsame Aktionen mit meinem Bruder, unsere Schwestern Hildegard und Inge ließen wir nur wenig daran teilhaben. Unsere jüngste Schwester Louise verstarb bereits im Säuglingsalter.

Unser Nachbar im nächsten Eckhaus war ein Herr Meier. Unsere Grundstücke waren durch einen Maschendrahtzaun getrennt. Im Sommer und bei schönem Wetter sind mein Bruder und ich oft nackt im Garten herumgelaufen. Von dem Zaun zu Herrn Meier hielten wir immer großen Abstand, da dieser uns mehrfach angekündigt hatte, uns unsere kleinen Zipfelchen abzuschneiden. Rückblickend gesehen glaube ich, er hat Spaß gemacht.

Im Garten gab es einen Sandspielkasten und einen Hasenstall. Die Haustür war auf der Rückseite. Ein Teil der Rückfront war durch einen Sichtschutz abgetrennt oder sollte es einmal werden. Es waren auf jeden Fall schon Löcher für die Haltepfosten im Boden. Auch ein Esstisch auf Holzbeinen stand schon in dem Bereich.

Zu dem Zeitpunkt hatten wir eine polnische Haushaltshilfe namens Alexandra. Ich weiß nicht mehr genau, wie sie gekocht hat und wie gut das Essen war. Wenn es uns aber nicht schmeckte, verschwand das Essen unauffällig in den vorbereiteten Bodenlöchern für die Pfosten. Ich habe nicht in Erinnerung, ob man uns auf die Schliche gekommen ist.

Die ersten Schultage erlebte ich noch vom Schwalbenweg aus. Zur Schule waren es etwa 15 Minuten Fußweg. Damals bestand die übliche Unterwäsche aus einem geschlossenen und geknöpften Leibchen. Der Nachteil: auf die Toilette zu gehen war nur mit Vollentkleidung möglich und das ging in der Schule nicht, also konnte die Toilette erst wieder zu Hause benutzt werden. Es waren qualvolle Heimwege und ich bin nicht sicher, sie immer mit trockenen Hosen geschafft zu haben.

Im Herbst fuhren auf der Straße vor unserem Haus Pferdegespanne vorbei, hochbeladen mit Weißkohlköpfen. Irgendwann stach uns der Hafer, an diese Kohlköpfe zu kommen. Nichts leichter als das. Schnell hatten wir eine zwei Meter lange Latte gefunden, an der Spitze einen Nagel durchgeschlagen, und schon war das Raubwerkzeug fertig. Wir mussten nur ein paar Meter hinter einem Fuhrwerk herlaufen, den Nagel in einen Weißkohlkopf pieken und ihn herunterziehen. Ich kann nicht mehr sagen, was wir mit den Kohlköpfen gemacht haben. Gegessen haben wir sie sicher nicht alle.

Leider waren die Droschkenkutscher auch nicht ganz dumm und hatten unsere Attacken irgendwie mitbekommen. Bei einem unserer Raubzüge geschah es dann. Gerade hatte ich einen fetten Kohlkopf aufgepiekt, als mich eine derbe Kraft in die Luft hob. Der gemeine Kutscher war nämlich von seinem Kutschbock abgestiegen, während seine Pferde ihren gewohnten Trott weitergingen.

Er ließ das Fuhrwerk an sich vorbeirollen und hatte uns kleine Bösewichte direkt vor seiner Nase, als wir einen Kohl nach dem anderen vom Fuhrwerk herunterzogen. Er brauchte dann nur zuzupacken, denn in unserem frevelhaften Tun hatten wir von der Finte nichts mitbekommen.

Ich glaube, der gewaltige Schreck muss uns so vollkommen im Gesicht gestanden haben, ich kann mich nicht an weitere Strafmaßnahmen erinnern. Nur daran, dass ich nach langer Zeit in die Hose gemacht habe. Ich erinnere mich auch nicht daran, weitere Kohlköpfe geräubert zu haben.

Auf einer unserer Reisen durch Ostpreußen besuchten wir auch Tarau. Das Lied „Ännchen von Tarau" kennt wohl jeder. Die Kirche fanden wir als Ruine vor, alle Grabplatten waren aus den Wänden gerissen worden. Es hieß, man hätte hier das berühmte Bernsteinzimmer aus dem Königsberger Schloss gesucht. In der Nähe muss auch der Ort Lawd gelegen haben. Der dortige Bauernhof gehörte einem entfernten Verwandten. Als Junge war mein Vater öfter dort gewesen, auch wir, als wir noch kleine Kinder waren. Es existiert ein Foto, auf dem der Lawder einen von uns auf einer lebenden Sau reitend hält. Wir waren später nicht sicher, ob es Richard war oder ich.

Von unserem Schwalbenweg war nur eine Straßenseite bebaut. Wenn wir auf der Fensterbank saßen, konnten wir über eine große Wiese sehen. Ganz weit hinten waren Eisenbahnwaggons zu erkennen. Es könnte ein Rangierbahnhof gewesen sein. Dieser Bahnhof war wohl das Ziel von Bombenangriffen, die wir im Keller überstanden. Wir hörten die Explosionen und das Pfeifen der Granaten. Der Krieg kam näher.

In dieser Zeit wurde bei uns im Obergeschoss ein Soldat einquartiert. Er hatte wohl auch Familienanschluss. Einmal, ich glaube, wir waren allein, rief er uns in sein Zimmer und zeigte uns sein erigiertes Glied und wir sollten es anfassen. Wir konnten damit aber nichts anfangen und blieben zurückhaltend. Beeindruckt hat es mich aber schon, denn der Vorgang blieb mir in Erinnerung. Merkwürdigerweise gab es später nach dem Krieg einen ähnlichen Vorfall mit einem schwarzen amerikanischen Soldaten, das löste bei mir eher einen Schrecken aus. Ich bin aber nicht traumatisiert, geschweige denn für mein Leben geschädigt worden.

Die Bombenangriffe wurden häufiger und wir wurden bei unserer Urgroßmutter in Kreuzburg, einem Örtchen ca. 43 Kilometer von Königsberg entfernt, einquartiert. Hier waren wir fürs Erste sicher. Die Mutter meiner Großmutter bewohnte ein Häuschen an einer Dorfstraße, wir kamen im Obergeschoss unter. Der Obstgarten war riesig. Hinter dem Haus ging ca. 30 Meter eine Treppe hinab in eine Senke, durch die ein Bach floss. Über den Bach führte ein Holzsteg, dann ging es wieder 30 Meter aufwärts, auf der Höhe standen etliche Obstbäume. Den Garten begrenzte eine kleine Mauer, danach erstreckte sich er örtliche Friedhof.

Als mein Vater in einem Sommer auf Urlaub nach Kreuzburg kam, hatten wir ein herrliches Spiel. Aus dem Lehm im Bach formten wir Schmodderkugeln, steckten sie auf Stöcke und schleuderten sie gegen eine Backsteinwand, wo sie mit einem hörbaren Schmatz zerplatzten.

Als Richard und ich 1998 Ostpreußen und Kreuzburg besuchten, fanden wir das Haus noch intakt und bewohnt. Auffallend waren auf dem Friedhof viele offene Gräber. Die Russen hatten dort vermutlich nach Zahngold gesucht. Auch das angrenzende Klinkergebäude stand noch, es war wohl eine Zeit lang ein Gefängnis.

Von Kreuzburg fuhren wir noch einmal nach Königsberg, um aus unserem Haus Sachen zu holen. In der Zwischenzeit hatte es einige schwere Bombenangriffe gegeben. Ich habe ein eingestürztes Haus in Erinnerung, aus den Kellerfenstern unter dem Schuttberg rauchte es noch. Eine Giebelwand war stehen geblieben. An der kahlen Giebelwand hing in der dritten Etage eine Badewanne an der Wand.

Gott sei Dank, bevor die eigentliche Fluchtpanik einsetzte, zogen Richard, Hildegard und ich zu meiner Tante Charlotte, genannt Lottchen. Sie war eine Schwester meines Vater und lebte in Bergen auf Rügen. Bei ihr wohnten wir in der Bahnhofstraße 76 einige Zeit in der dritten Etage gegenüber der Mitbewohnerin Ursel Richert. Auch hier wurden die Zeiten schwerer, die Russen kamen auch nach Rügen.

Auf Rügen hatten wir anfangs eine gute Zeit. Einmal hatte Tante Lottchen über Beziehungen einen geräucherten Schinken organisiert. Dieser Schinken hing in einem Nebenraum, der als Speisekammer diente, an einem Balken, die braune geräucherte Schwarte nach außen. Auch damals waren Richard und ich schon immer auf der Suche nach schmackhaften Dingen und so kamen wir auf die

Idee, den Speck der Rückseite zu probieren, und er schmeckte gut.

Und so gewöhnten wir uns an, heimlich immer wieder von der Rückseite kleine Stückchen abzuschneiden. Von der Vorderseite sah der Schinken immer unberührt und intakt aus. Zuletzt hing nur noch die ausgehöhlte Schwarte am Nagel und der Eklat war unvermeidbar. Das Donnerwetter war gewaltig, das ging selbst meiner gutmütigen Tante Lottchen zu weit.

Die Bahnhofstraße abwärts in Richtung Bahnhof war an der nächsten größeren Kreuzung eine Molkerei. Dort gab es auch in schlechten Zeiten noch Milch, die wir in einer Milchkanne aus Aluminium holen durften. Ein beliebtes Spiel war es, die Kanne im Kreis über den Kopf zu schleudern, ohne einen Tropfen Milch zu verschütten. Meist ging es gut. Wenn nicht, gab es Ärger, aber der Spaß lohnte das Risiko.

An der Umgehungsstraße von Bergen gab es eine wunderbare Sandgrube. Von der Oberkante konnte jeder mit Mut mehrere Meter tief in den weichen Sand springen. Das ging gut bis auf ein Mal, da sprang mir ein Freund versehentlich auf das Bein und mein rechtes Schienbein war gebrochen. Ein Arbeiter trug mich auf den Schultern ins Krankenhaus, in Bergen sind die Entfernungen nicht groß.

Dort bekam ich einen massiven Gipsverband für sechs Wochen. Bald fing die Haut an, unter dem Gips fürchterlich zu jucken. Ich versuchte, mir mit einem Stäbchen Linderung zu verschaffen, was nur mäßig gelang. In den sechs Wochen wurde mein rechtes Bein spindeldürr und ich musste rohe geriebene Kartoffeln essen. Nach dem Entfernen des Gipsverbandes und beim ersten Auftreten hatte ich das Gefühl, mein Fuß versänke im Boden.

Zwischendurch wohnten wir bei einem Bauern in der Nähe, meiner Erinnerung nach in einem Schweinestall. Dies war wohl, weil meine Tante ihr erstes Kind bekam, meinen Cousin Detlef. Dort bei dem Bauern überstand ich meine Typhus-Krankheit und wir konnten dann in die Ringstraße in eine richtige Wohnung einziehen.

Bergen liegt etwa in der Mitte der Insel Rügen. Die Bahnhofstraße steigt vom Bahnhof in der Senke mäßig aufwärts bis zur Kirche. Vorher erweitert sie sich zu einem Platz, an dem es damals ein Kino gab. Dort habe ich meinen ersten Film gesehen. In der Handlung wurden Menschen von einer Klippe hinab ins Meer gestürzt. Mir schien es damals ungeheuerlich, Menschen für einen Film zu töten. Von Schauspielern hatte ich damals noch keine Ahnung.

Dann kamen 1945 die Russen und alles wurde schlechter. Meine Mutter und Richard bekamen Typhus und kamen ins Krankenhaus. Richard überlebte, aber unsere Mutter Ruth starb und Tante Lottchen stand unversehens mit vier Kindern da. Mein Vater Werner befand sich in französischer Kriegsgefangenschaft und auch der Mann meiner Tante Lottchen war in russischer Gefangenschaft.

Tante Gerda und unsere Großmutter flohen noch von Ostpreußen aus mit Inge über die sogenannte grüne Grenze nach Dänemark, wo sie zwei Jahre lang in einem Internierungslager leben mussten. Danach konnten sie nach Deutschland zurück und gingen nach Lüneburg. Dort starb meine Schwester Inge 1948 an einer Hirnhautentzündung, Hildegard ist bei Tante Gerda geblieben.

Mein Vater hatte noch vor Kriegsende mehrere Ausbruchsversuche aus dem Gefangenenlager und aus fahrenden Zügen unternommen. Bei einem Versuch mussten die Geflüchteten durch die Schelde schwimmen, wobei einer der drei Flüchtlinge ertrank. Beim nächsten Versuch wollten sie sich bei einem Bauern nach dem Weg erkundigen. Der Bauer erkannte sie als geflüchtete Kriegsgefangene, hielt meinen Vater am Rucksack fest und schlug ihm eine Serpe, also eine Fleischhacke, auf den Kopf.

Freundlicherweise verwendete er die stumpfe Rückseite, mit der scharfen Seite hätte er meinem Vater den Schädel gespalten. Die Ausreißer wurden wieder ins Gefangenenlager transportiert.

Seit der Zeit hatte mein Vater eine tiefe Narbe am Kopf. Von den Franzosen wurde er wegen eines Angriffs auf den Bauern zu Gefängnis verurteilt, dort ging es ihm dann sehr schlecht. Durch das Einschreiten von amerikanischen Bekannten (darunter Erika Jtskowitz in New York), die sich für ihn über das Rote Kreuz einsetzten, ging es ihm dann besser.

Vom Einzug der Russen in Bergen ist mir eine Karawane von Panjewagen in Erinnerung, die hochbeladen mit Matratzen durch die Bahnhofstraße fuhren. Der NS-Kreisleiter in der Etage unter uns, ein Herr Böttcher, verlor den Verstand und schlug mit Blechlöffeln an sein Bett und schrie immer „das ist Gold!".

Vor dem Einzug der Russen hatten die Deutschen noch einen sogenannten Verräter an einem Baum am Marktplatz aufgeknüpft. Wir sind natürlich hingegangen, um sehen, wie er dort baumelte.

Etwa ein Jahr lang gab es keinen Schulunterricht. Auf der Bahnhofstraße wurde ich dafür ein guter Völkerballspieler. Wir hatten auch einmal einen Ausflug zu Fuß von Bergen nach Binz gemacht, ich glaube, wir waren den ganzen Tag unterwegs gewesen.

Zwei Häuser weiter betrieb ein Doktor Wegener seine Praxis. Zu ihm mussten wir einmal mit meiner Schwester Hildchen, weil sie sich in beide Nasenlöcher Kirschkerne gesteckt hatte und wir sie nicht mehr herausbekamen. Im selben Haus wohnte auch ein älterer Junge, der uns immer ärgerte und wohl auch verprügelte. Ich hasste ihn und träumte lange davon, wie ich ihm das heimzahlen und ihn verprügeln würde, wenn ich einmal größer wäre. Ich wäre so gerne sofort größer gewesen.

Die Zeiten nach 1945 waren schlecht. Wir haben auf den abgeernteten Feldern Ähren gestoppelt und gegen Mehl eingetauscht. In den großen lichten Buchenwäldern konnten wir im Herbst Bucheckern sammeln und gegen Öl eintauschen. Zuckerrüben gab es und im Waschhaus im Rückgebäude wurde Sirup eingekocht, bis er dick genug für Aufstrich war. Das dauerte meist neun bis zehn Stunden, so lange musste ständig gerührt und Holz unter den Waschzuber nachgelegt werden.

Einmal war die Freude groß, weil das Eindampfen ungewöhnlich schnell ging. Leider stellte sich am Schluss heraus, dass der Kessel ein Loch hatte und der ganze Sud tropfte ins Feuer, alle Arbeit umsonst und kein Sirup.

Jenseits der Bahnlinie lag ein flacher Tümpel in einer Wiese, ideal für uns, die Kiebitznester zu plündern und Spiegeleier davon zu braten. Tante Lottchen bekam zur Selbstversorgung eine 500 m² große Ackerparzelle zugewiesen, nahe dem Ort Bergen. Dorthin sind wir oft mit dem Fahrrad gefahren, ich saß auf dem Gepäckträger, und haben Kartoffeln und Gemüse gepflanzt. Wie der Ertrag war, weiß ich nicht mehr.

Etwa 1948 bekam Tante Lottchen ihr zweites Kind, Evi. Zur Entlastung mussten Richard und ich für ein Vierteljahr in ein Kinderheim nach Sassnitz. Dort gab es hauptsächlich eine Art Schleimsuppe aus geriebenen rohen Kartoffeln. Wir gingen dort auch in die Dorfschule, es gab nur eine Klasse, alle Altersgruppen waren in einem Raum. Vom Heim aus konnte man von der Steilküste aufs Meer sehen. Am Strand unten lagen riesengroße runde Felsen im Geröll. In der Ferne fuhren ab und zu Schiffe vorbei.

Im Heim wurde viel gesungen, speziell vor dem zu Bett gehen. Ich glaube, daher kenne ich die meisten Kirchenlieder. Aber es war keine schöne Zeit. Ein Vierteljahr hat etwa 90 Tage. Ich hatte mir in Bergen vor der Abfahrt ein Stück Brot genommen und in 90 kleine Würfel geschnitten und im Heim habe ich jeden Abend einen Würfel gegessen. So konnte ich immer sehen, wie lange wir noch im Heim sein mussten.

1947 wurde mein Vater aus der Gefangenschaft entlassen. Weil ein ehemaliger Kriegskamerad in München, ein Herr Pitzer, Polizeipräsident in München geworden war, ging mein Vater dorthin. Königsberg war verloren. Keine Wohnung, keine Familie, und er meldete sich in einem Krankenhaus. Die fragten ihn, was ihm fehle, aber er war ja so weit gesund. „Ohne Krankheit können wir Sie nicht aufnehmen." Mein Vater hatte vom Krieg her einen versteiften Ringfinger an der linken Hand. Also entschied er kurzerhand, sich den Finger abnehmen zu lassen. Das brachte ihm für vier Tage ein Bett, Verpflegung und eine kurze Erholung.

Auf der Suche nach einer Wohnung wurde er dann in der Westendstraße 144 in einem zerbombten Haus fündig. Das Haus, die Ruine, gehörte der Brauerei Spaten, im Erdgeschoss des eingestürzten Vordergebäudes war eine Gastwirtschaft gewesen.

Das Erdgeschoss des Rückgebäudes war noch bewohnbar, dort lebte eine bayerische Familie Hupfauf. Vom Rückgebäude waren in der ersten Etage unter einem halb eingestürzten Dach zwei Zimmer bewohnbar. Das Treppenhaus war eingestürzt, die beiden Zimmer waren über den Schutthaufen des Vorderhauses und eine stehengebliebene Brandmauer zu erreichen. Dort zog mein Vater ein.

Außerdem gab es im Rückgebäude ein großes Kellergewölbe. Hier begann mein Vater mit einer Nagelschmiede, zusammen mit einem Willi Wenzlaff, der ein ehemaliger Kriegskamerad war, und später auch einem Erich Reith.

Nägel zu machen ist recht einfach: einen entsprechend dicken Draht in der richtigen Länge ablängen, einspannen, einen kräftigen Schlag mit dem Hammer obendrauf. Dadurch entsteht der Kopf und der Draht rutscht durch die Halterung zwei Millimeter zurück, dadurch entstehen die seitlichen Zähnchen. Fertig ist der Nagel. Die Maschinen für die Nagelfertigung machte eine Firma Stockinger im damals noch unbebauten Gelände zwischen den Bahngleisen hinter der Westendstraße. Es waren einfache Einspanngeräte.

Diese selbst produzierten Nägel schickte mein Vater kiloweise meiner Tante nach Bergen. Nägel waren auf Rügen Mangelware. In der Tauschbörse gegenüber dem Kino in der Bahnhofstraße wurden sie gegen Kleidung, Schuhe, Essen und alles Benötigte eingetauscht.

1948 hatte mein Vater in München soweit Fuß gefasst und die Familie konnte zusammengeführt werden. Onkel Gerhard, der Bruder meines Vaters, holte Richard und mich in Bergen ab. Tante Lottchen ging mit Hildegard und ihren Kindern Detlef und Evi nach Osnabrück.

Richard blieb für einige Jahre noch bei Onkel Gerhard in Markneukirchen. Dort lebten die deutschen Geigenbauer und Onkel Gerhard produzierte Taschen für die Musikinstrumente. Einige Tage war auch ich in Markneukirchen. In den Tagen habe ich im dortigen Schwimmbad selbst schwimmen gelernt, in einer Beckenecke: drei Züge hin und dann drei Züge zurück. Nach wenigen Tagen ging es schon ganz gut. Dann brachte mich Onkel Gerhard nach München, die ersten Monate in das Waisenhaus in der Spengelstraße in Freimann, dann in die Westendstraße 144, in die Ruine.

Im Rückgebäude, das von Bomben unbeschädigt geblieben war, gab es einen Hausmeister, den Herrn Breitenauer. Seine Wohnung lag in der ersten Etage; mit einem Kissen im Fenster hatte er sich positioniert und überwachte das Geschehen im Innenhof. Wir waren natürlich mit den Kindern mit Spielen und Lärmen zugange und wurden ebenso natürlich aus dem ersten Stock unentwegt lautstark als Rotzlöffel, Saukerle und Saupreußen beschimpft.

Ein Mitspieler aus dem Nachbarhaus war der Knabe Bibi. Aus dem vierten Stock, von seinem Balkon, hatten wir auch Wortgefechte. Einmal traf ich ihn mit der Steinschleuder an der Stirn, wir konnten damals schon gut zielen.

Weil wir aber nicht mit Steinen schossen sondern mit den Beschlagnägeln von Bergschuhen, hatte er eine erhebliche Wunde.

Unter dem Lichtschacht in dem Innenhof lag die Nagelwerkstatt und später auch ein Lager meines Vaters für Schlitten. Er hatte mehrere hundert Schlitten von der Firma Wohlgemut gekauft, um sie zu Weihnachten am Stand zu verkaufen.

Ganz am Anfang schlief mein Vater auch in diesen feuchten kalten Gewölben, die wohl ehemalige Luftschutzkeller waren. Die Elektrogeräte bitzelten wegen der schlechten Isolierung, die Kochplatte besonders. Mein Vater, mit seinen schwieligen Händen, spürte davon nichts. Für mich waren es richtige Stromschläge, trotzdem sollte ich den Wasserkocher anfassen.

Abends kletterte ich mit meinem Vater über den Schuttberg und die Brandmauer auf den erhalten gebliebenen ersten Treppenabsatz, der unter freiem Himmel lag. Von dort führte eine Wohnungseingangstür über einen längeren Korridor zu den zwei bewohnbaren Zimmern. Unter uns wohnte Familie Hupfauf. Wenn wir durch die langen Dielen gingen, schrie Herr Hupfauf sofort „a Ruah is!"

Wenn es regnete, quollen die Dielen im Gang und das Wasser stand zentimetertief im Flur. Auf Beschwerden reagierte die Brauer Spaten nicht. Da griff mein Vater zu einer Notmaßnahme und bohrte Löcher in die Dielen. Nun konnte das Wasser zu Herrn Hupfauf weiterlaufen. Auf dessen Beschwerde hin wurde das halb eingestürzte Dach notdürftig repariert.

Von dem eingestürzten Vorderhaus war im dritten Stock an der Giebelwand ein Teil der Decke erhalten geblieben, auf dem meterbreiten Stück stand ein Klavier. Leider für uns unerreichbar.

Die erste Verbesserung war eine Leiter zum zweiten Treppenabsatz, wir mussten dann den Aufstieg nicht mehr über den Schuttberg machen. Noch etwas später gab es eine Hühnerleiter mit Holzgeländer über den ersten zum zweiten Treppenabsatz, das war schon fast komfortabel.

Richard ging auf die in der Nähe gelegene Volksschule, er war inzwischen von Markneukirchen nach München umgesiedelt. Ich ging auf die Gisela-Oberrealschule am Elisabethplatz, etwa 45 Minuten Fahrzeit mit der Straßenbahn. Richard kam einmal aus der Schule und erzählte, der Lehrer habe eine Geschichte von „belebten Brötchen" erzählt.

Wir haben lange auf ihn eingeredet, weil da wohl nur „belegte Brötchen" gemeint sein konnten. Richard blieb aber unverzagt bei „belebten Brötchen".

Ich bin gerne in die Schule gegangen. Ich war ein schneller Läufer und guter Springer. Leider nahm ich den Unterricht zu sehr auf die leichte Schulter. Platschken auf dem Heimweg war viel schöner als Hausaufgaben machen, dazu kam meine mangelhafte Sprachbegabung in Französisch.

So endete meine Oberschulkarriere in der dritten Klasse. Sitzenbleiben gab es für meinen Vater nicht. Also folgte die Mittlere Reife auf der Handelsschule Pasold-Weißauer. Dort lernte ich Buchhaltung und brachte es auf der Schreibmaschine zu 140 Anschlägen pro Minute und auf 120 Silben in Stenografie.

Während dieser Zeit absolvierte ich ein Praktikum bei dem Baukecht-Werk Welzheim in der Nähe von Stuttgart in der Reparaturabteilung für Küchenmaschinen. Herr Rübsam war damals Direktor bei Bauknecht. In dem Werk wurden die Gussteile für Küchenmaschinen gegossen. Ein Praktikant aus Indien schraubte einmal eine vergorene Maschine auf und wurde mit dem alten Öl vollgespritzt, seitdem fasste er keine Maschine mehr an.

Von Welzheim aus startete ich meine große Deutschland-tour mit dem Fahrrad, über Köln nach Holland, Rotterdam und Amsterdam mit Reichsmuseum. Flensburg, Laboe Marinegedenkstätte, Kopenhagen mit Tivoli, Lübeck Armenkirche und zurück bis München, ca. 2000 km.

In der Westendstraße waren wir immer die „Saupreißn", vor den einheimischen Jungs meistens auf der Flucht. In der Zeit haben wir das schnelle Laufen richtig gelernt und auch gebraucht. Richard war immer etwas langsamer und ich habe mehrfach mit den bayerischen Jungen Kämpfe ausgefochten, damit Richard sich verdrücken konnte.

Bei uns gab es eine spezielle Bestrafungskultur. Kleinere Vergehen wurden sofort mit Mutzköpfen geahndet. Mutzköpfe treffen den Hinterkopf mit flacher Hand im Gegensatz zur Kopfnuss, die mit geschlossener Hand ausgeteilt wird. Das Problem dabei war der Ring meines Vaters. Er trug an der rechten Hand einen aus zwei Eheringen gegossenen Ring mit dunklem Halbedelstein auf der Oberseite. Dieser Ring traf natürlich unsere Köpfe und je nach Wucht konnte schon auch mal eine Beule entstehen.

Bei schweren Vergehen, wie zu spät nach Hause kommen und anderem, gab es Schläge auf den Hintern. Mein Vater hatte aus Russland einen breiten Ledergürtel mitgebracht. Allerdings konnten wir über die Zahl der Schläge verhandeln, für den Fall, dass Gründe für eine Minderung der Strafe vorlagen, wie zum Beispiel Stromausfall bei der Straßenbahn. Dann konnte die Strafe von drei Schlägen auf zwei Schläge mit dem Gürtel reduziert werden. Weil ich der Ältere war, bekam ich die Strafe immer zuerst. Hinstellen, Popo rausstrecken und Zähne zusammenbeißen.

Erster Schlag, zweiter Schlag. Richard stand daneben und fing spätestens beim zweiten Schlag an zu jammern und zu weinen. Ergebnis war, dass ich meistens die volle Strafe bekam, für Richard wurde sie jedoch reduziert, wenn sie nicht völlig entfiel.

Taschengeld gab es damals nicht, aber wir hatten als Einnahmequelle den Verkauf der alten Heizkörper aus den Ruinen. Besonders ertragreich war der Verkauf der alten Bleirohre aus den Toiletten an die Schrotthändler. Mein Vater verkaufte seine Nägel aus eigener Produktion und Schuhbedarfsartikel wie Sohlen, Absätze, Taekse, Hämmer und Dreifüße. Sein erster Verkaufsstand war auf einer Ruinenfreifläche in der Sendlinger Straße. Gegenüber ist heute eines der ältesten Gasthäuser Münchens. Jeden Tag fuhr mein Vater mit dem Fahrrad und einem Rucksack voller Artikel von der Westendstraße zu seinem Stand. Ganz am Anfang mussten wir auch zu Fuß gehen. Dann wurde ein Tapeziertisch aufgestellt und Geschäft gemacht. Die nächsten Jahre waren die Standlzeit.

Ein nächster Stand, eine Holzbude, die abends verschlossen werden konnte, war gegenüber dem Hauptbahnhof in der Bayerstraße. Der größte und schönste Stand befand sich dann in der Kaufinger Straße in der Nähe eines Beate Uhse Ladens, denn hier gab es auch einen Pustefix-Bären, der unentwegt Seifenblasen über den Gehsteig blies. Erich Reith war Mitbetreiber des Standes. Vorher gab es noch einen Stand genau gegenüber dem heutigen Oberpollinger am Karlstor. Dieser Platz war sehr interessant, wir waren hier immer direkte Zuschauer bei den Faschingsumzügen.

Der Standnachbar hieß Herr Wandlinger, der mit einem Auge immer in den Himmel schaute. Über ihn kam mein Vater an ein Grundstück in der Waldfriedhofstraße 76.

Während der ganzen Jahre der Standlzeit ging mein Vater jeden Mittag in eine Fischbratküche in einer Nebenstraße. Er hat sich wohl nie an gebackenem Fisch überessen.

1948 kam die Währungsreform. Aus unseren Altmetallgeschäften hatten wir Bestände an ein paar Reichsmark. Wir wollten in einem Fahrradgeschäft damit Fahrradbirnchen kaufen, aber es gab keine mehr und nichts mehr für Reichsmark. Am nächsten Tag war unser Geld wertlos und es gab sofort wieder Fahrradbirnchen, die wir aber nicht mehr bezahlen konnten.

Zu dem Zeitpunkt kam mein Onkel Gerhard zu Besuch zu uns in die Westendstraße. Es wurde von der Währungsreform in München überrascht. Weil er noch DDR-Bürger war, bekam er auch nicht wie jeder andere westdeutsche D-Mark, so stand er mittellos da. Aber weil er seinen Umzug schon vorbereitete, hatte er einen Koffer mit rotem Schleifenband schon zu uns mitgebracht. Diesen Koffer mit Schleifenband nahm er am Tag nach der Reform zum Marienplatz mit und verkaufte es meterweise. Nach dem Verkauf von vielen Metern Schleifenband war er am Abend ein verhältnismäßig reicher Mann. Die Münchner hatten es ihm wie wild aus der Hand gerissen.

Mittlerweile hatte mein Vater wieder geheiratet. 1948 wurde noch in der Westendstraße mein Bruder Bernhard geboren. Das eingestürzte Vorderhaus war inzwischen wieder aufgebaut worden, und etwa 1953 zogen wir in das neue Haus am Waldfriedhof. Ich hatte zu der Zeit an der Handelsschule eine dreieinhalb jährige Lehre als Elektromaschinenbauer bei der Firma Elektro-Blitz in der Infanteriestraße angetreten. Während dieser dreieinhalb Jahre bin ich dann im Sommer und im Winter morgens und abends die 13 Kilometer mit dem Fahrrad gefahren. Einmal, an einem kalten Wintermorgen, blies der Wind auf dem Weg zur Lehrstelle so unbarmherzig, dass ich in der Westendstraße, nach etwa einem Drittel des Weges, ein eigenartiges Gefühl an den Ohren bekam. Ich hielt mein Fahrrad an und fühlte, was mit ihnen los war. Ich bekam einen heftigen Schreck – sie waren steif und eiskalt. In der Lehrstelle angekommen konnte ich sie wieder auftauen. Beide Ohren fühlten sich an, als ob sie ein Kilogramm schwer waren und fingen an, zu glühen und zu jucken. Zum Glück sind sie mir bei der ersten Berührung in der Westendstraße nicht abgebrochen.

In Erinnerung habe ich auch den Einbruch ins Eis auf dem Nymphenburger Kanal mit Freund Christian. Wir fuhren mit dem Fahrrad über das Eis, aber das war zu viel Gewicht. Wir brachen ein und ich stand bis zur Brust im Wasser. Ich musste das Fahrrad aus dem Wasser bekommen, hangelte es mit dem Fuß nach oben. Dann bin ich bei minus 10 Grad Celsius 15 Kilometer nach Hause gefahren. Alle Kleider waren gefroren, nur Arm- und Beingelenke waren beweglich. Zu Hause habe ich mich ausgezogen, ins Bett gelegt und nicht mal eine Erkältung bekommen.

Aus dieser Zeit stammen auch meine ersten Messeerfahrungen mit Küchenmaschinen. Ein Vorführer der Firma Bauknecht brachte die Besucher und Bauern zum Stehen bleiben und Zuhören. Warf vor den verblüfften Messebesuchern ganze Eier in einen Mixer, dann noch einen Apfel, aber vorher kam noch die Frage ans Publikum: wo sitzen sie, nicht die Würmer, die Vitamine? Unter der Schale. Dann verschwand noch eine Karotte und ein ganzes Stück Banane, natürlich mit Schale, im Mixer und ein Schuss Eierlikör. Es kamen trotzdem wohlschmeckende Säfte heraus. Die wurden in kleinen Gläschen ausgeschenkt und verteilt. Im Hintergrund lauerte die Verkäufermeute, jeder nahm einen Besucher in den Blick, sprach ihn dann an und versuchte, ihn an einem der Tische zum Platz nehmen zu bewegen. Dann begann das Verkaufsgespräch über die hervorragenden Bauknecht Küchenmaschinen.

Der Spruch ging: „Wer sitzt muss unterschreiben". Hier hatten Richard und ich unsere ersten Verkaufserfolge auf Messen.

Im neuen Haus in der Waldfriedhofstraße mit acht Meter Straßenfront wurde die Schnellwäscherei „Präsident" eingerichtet. Richtfest wurde in der Gaststätte Waldfriedhof gefeiert. Der Architekt war ein trinkfreudiger Ostpreuße mit Namen Skoda. Zu fortgeschrittener Stunde gab mein Vater ein altes Zimmermannslied zum Besten und setzte eine Lokalrunde aus, falls einer das nachsingen könne.

Das Lied ging so:
Eins, zwei und dreie, als ist nicht neue,
neu ist nicht alt und warm ist nicht kalt,
kalt ist nicht warm, reich ist nicht arm,
arm ist nicht reich und krumm ist nicht gleich,
gleich ist nicht krumm, klug ist nicht dumm,
dumm ist nicht klug und der Wagen ist kein Pflug,
Pflug ist kein Wagen, Singen ist kein Sagen,
Sagen ist kein Singen und Tanzen kein Springen,

Springen ist kein Tanzen, Flöhe sind keine Wanzen,

Wanzen sind keine Flöhe und Hasen sind keine Rehe,

Rehe sind keine Hasen, Zungen sind keine Nasen,

Nasen sind keine Zungen und Lebern sind keine Lungen,

Lungen sind keine Lebern und der Bauer ist kein Weber,

Weber ist kein Bauer und süß ist nicht sauer,

sauer ist nicht süß und Hände sind keine Füß',

Füße sind keine Hände und Giebel sind keine Wände,

Wände sind keine Giebel und Testament ist keine Fibel,

Fibel ist kein Testament und nun hat mein Lied ein End.

Herr Skoda fragte Richard, ob er das Lied singen könne. Der konnte, sang und mein Vater musste die Lokalrunde zahlen. Unsere Großmutter hatte Richard und mir das Lied beigebracht, als wir kleine Kinder waren.

Mein Vater war zu der Zeit viel im Umkreis von München unterwegs, um Bauknecht Küchenmaschinen zu verkaufen. Ein Kriegskamerad war Direktor bei Bauknecht geworden. Die Wäscherei sollte von meiner Stiefmutter geführt werden. Mein Vater hatte ihr das schön ausgemalt, sie bräuchte nur hinter der Kasse zu sitzen und das Geld von den Kunden zu kassieren. In Wirklichkeit war es ein

Fulltime-Job mit mehreren Wäscherinnen und Büglerin-
nen. Ich ging derweil in meine Maschinenbaulehre, bekam
pro Woche 7 Mark und 50 Pfennige, und musste die Hälfte
davon abgeben, was ich als ungerecht empfand.

Richard hatte eine Lehre bei einer Firma Tost angefangen,
die Seilwinden für Segelflugzeuge herstellte. Eines Tages
kam er ohne Augenbrauen und mit angesengtem Haupt-
haar nach Hause. Er hatte dort Nitroverdünnung in den
Ofen zum Anzünden gegossen und, nachdem es nicht
gleich loderte, dann in die Ofenklappe geguckt. In dem
Moment kam eine Stichflamme aus dem Ofen. Auf
Wunsch meiner Eltern musste Richard die Lehrstelle zur
Großwäscherei Reindl wechseln, er sollte unsere eigene
Wäscherei später übernehmen. Dort half er dann auch
bald mit.

Zu der Zeit waren wir ziemlich verrückt, zum Beispiel war
die Frage zu klären, wer die meisten Kniebeugen machen
konnte. Ich fing mit 50 an. Am nächsten Abend macht Richard 100 Kniebeugen, so steigerten wir uns jeden Abend.
Bei 400 haben wir aufgehört.

Während der Lehrzeit und später während meines Studiums am Oskar von Miller Polytechnikum habe ich abends die fertige Wäsche ausgefahren. Meine Lehre als Elektromaschinenbauer hatte ich mit gutem Erfolg abgeschlossen. Ein Schock für mich war der Übergang von der Schule zur Lehre. Nie wieder würde ich während eines Werktages München bei Tag sehen, denn die Lehre begann um sieben Uhr und ende nachmittags um fünf Uhr. Ganz so schlimm war es dann aber nicht, denn ich durfte oft mit dem Fahrrad zur Firma Findler in der Schwanthaler Straße fahren und Elektroteile besorgen.

Außerdem war es in München die Zeit, während der viele Firmen die Motoren von Gleichstrom auf Drehstrom umstellten, und da war die Firma Elektro-Blitz groß im Geschäft. So fuhren wir oft zu zweit, der Geselle vorneweg und ich mit dem Transportrad hinterher, durch München zur Montagestelle.

Aber diese Erfahrungen haben mich auch bewogen, weiter zu lernen. Das Polytechnikum lag mir sehr, weil hier Praxis und Theorie sinnvoll verbunden wurden. Nach acht Semestern war ich Ingenieur.

Zu dem Zeitpunkt, mit 23 Jahren, empfand ich das Leben am Waldfriedhof als äußerst unbefriedigend. Meine Stiefmutter und deren Mutter, die Oma Anna, hatten nur ein Herzibopperl, den Bernhard. Er konnte sich alles leisten und die beiden Frauen standen wie eine Betonwand zu seinem Schutz, nichts durfte ihm geschehen. Wir, Richard und ich, waren immer die Bösen und Schlechten und meinen Vater kümmerte das nicht.

Diesen ganzen Frust über die familiären Verhältnisse schrieb ich mir in einem Dossier von der Seele. Ich lebte damals im ausgebauten Speicher unter dem Dach. Aus unerfindlichen Gründen fand mein Vater das Dossier in meinem Schreibtisch und seine Empörung war groß. Natürlich auch die von Stiefmutter und Oma. Zu dem Zeitpunkt stand ich eine Woche vor den Abschlussprüfungen als Ingenieur. Ein Familienrat wurde einberufen. Die Ungeheuerlichkeit der Anschuldigungen wurde einstimmig festgestellt und es wurde beschlossen, ich habe nach Abschluss der Prüfungen das Haus sofort zu verlassen.

Da hatte ich aber schon eine Stellenzusage bei der Firma BBC in Mannheim Käfertal und ich war sehr stolz, wegen meiner guten Abschlussnoten 25 DM pro Monat mehr zu bekommen als normal, nämlich 725 DM pro Monat. Ich fand ein Zimmer bei der Witwe Wünsche in Käfertal und fing an bei einem Dr. Schaufuß, genannt Schlaufuchs, zu arbeiten. Dieser beschäftigte sich mit der Messung von Entfernungen an Werkzeugmaschinen.

Mein erstes Auto in Mannheim war ein Citroen 2CV alter Bauart. Die Höchstgeschwindigkeit auf der Autobahn waren etwa 60 km/Stunde, bei höherer Geschwindigkeit fing die Vorderachse an, laut zu rütteln und zu zappeln. Die 320 Kilometer Mannheim – München dauerten entsprechend lang. Nach Mannheim hatte ich unseren Klepper Aerius, ein Faltboot, mitgenommen. In den Armen des Altrheins konnte man herrlich paddeln.

Richard war in München geblieben und sollte als Wäschereimeister in der eigenen Wäscherei Karriere machen.

Aber er hatte einen Freund aus gehobenen Kreisen, einen Uwe Heisig. Dieser lebte im Haus seines Vaters, eines Regierungsbeamten, umgeben von Originalgemälden. Dieser Freund meinte, Richard sei zu Höherem geboren als zum Wäschereimeister, und Richard glaubte das auch. In dieser

Zeit malte er auch, blutrünstig, grell rote Wogenbilder und Landschaften. Er brach die Beschäftigung in der Wäscherei ab, holte auf dem dritten oder vierten Bildungsweg das Abitur nach und begann ein kaufmännisches Studium. Das Fach Statistik bereitete ihm erhebliche Probleme, aber nach dem dritten Anlauf war er diplomierter Kaufmann.

In Mannheim und bei BBC hat es mir gut gefallen. Der Odenwald, der Schwarzwald, der Rhein, der Karneval. Von Mannheim aus hatte ich ein dreimonatiges Ausbildungspensum im BBC-Werk in Dortmund. Dort lernte ich ein schönes Mädchen kennen. Sie hieß Ulrike, ihr Vater war Anwalt und Notar und hatte ein Büro neben der Reinoldikirche im Zentrum Dortmunds. Immer, wenn ich ihn besuchte, versteckte er schnell seine Kreuzworträtsel in der Schreibtischschublade. Die Kanzlei ging nicht sehr gut. Er hatte acht Geschwister und sein Vater war Bergbauminister gewesen. Die Bestellungsurkunde mit der Wahnsinnsunterschrift von Kaiser Wilhelm habe ich selbst gesehen.

Dieses Mädchen Ulrike, sie war kurz vor dem Abitur, wollte ich gerne heiraten, weshalb ich ihr nahe sein musste. Ich wechselte also meinen Arbeitgeber von BBC zur Firma Langbein Pfannhauser in Neuss am Rhein, eine Firma, die Galvanisierautomaten für die Industrie für alle Teile, die verchromt, vernickelt oder verkadmet werden sollten, anfertigte.

Wir heirateten in der Gaststätte Buschmühle im Westfalenpark in Dortmund. Mein Vater war aus mir nicht bekannten Gründen gegen die Heirat. Da half uns ein Ultimatum: Entweder du kommst zur Hochzeit oder ich komme nicht mehr nach München. Er kam zur Hochzeit.

In Neuss hatten wir eine Zwei-Zimmer-Wohnung. Es war aber immer klar, wir würden nach München zurückziehen. Die Seen, die Berge, die Familie. In Neuss und Umgebung gab es nur endlose Weißkohlfelder. Die Düsseldorfer Altstadt war da schon viel interessanter. Dort habe ich gern Miesmuscheln mit Vollkornbrot gegessen und dazu ein Altbier getrunken.

Dann war es so weit – ich bekam eine Stelle bei Firma Junkers als Direktionsassistent. Die erste Zeit hatten wir eine Wohnung in der Schellingstraße, aber wenig später konnte ich eine Wohnung in Krailling in der Bergstraße für 110.000 DM kaufen. Mein Vater schoss 10.000 DM dazu.

Meine Eltern lebten zu der Zeit auch schon in Krailling in einem Doppelhaus in der Mozartstraße 3. Lange Zeit hatte mein Vater versucht, meine Stiefmutter zu überreden, nach Unterzeismering in der Nähe von Tutzing zu ziehen. Dort hatte er für wenig Geld 3.000 qm einer sauren Wiese von einem Bauern gekauft. Der Bauer hielt meinen Vater für leicht blöd. Zuerst stand eine Holzhütte auf dem Grundstück, ein ehemaliges Verkaufsstandl. Von der Hütte aus sahen wir auf die tiefer liegende Kuhwiese. Einmal schossen wir, Freund Christian Kersten und ich, mit dem Luftgewehr auf eine Kuh. Wir haben sie wohl an einer empfindlichen Stelle getroffen, denn sie raste mit Vollgas davon und blieb erst am nächsten Stacheldrahtzaun hängen.

Herrliche Ferien haben wir dort gehabt. Mit unserem Aerius Klepper Faltboot waren wir tagelang auf dem See. Eine Bärbel Grimoni, die Tochter eines Kriegskameraden aus Düsseldorf, war dort meine erste große Liebe.

Mein Vater baute dann in Unterzeismering ein richtiges Haus und wollte dauerhaft dort leben. Er wollte eine Weinbergschneckenzucht als Erwerbsquelle betreiben. 3000 Weinbergschnecken hatte er auch gekauft, aber der damalige Sommer war sehr feucht, die Schnecken bekamen eine Tuberkuloseseuche und die meisten starben. Die Überlebenden bevölkerten auch noch Jahre später die Gegend überdurchschnittlich. Außerdem meinte mein Vater entschuldigend, die Schnecken hätten nicht seinem Temperament entsprochen.

Aber meine Stiefmutter wollte nicht aufs Land. So wurde Unterzeismering verkauft und mit dem Erlös konnte das Haus in der Mozartstraße in Krailling erworben werden.

1970 und 1972 wurden unsere Kinder Rodia und Roland geboren, die Wohnung in der Bergstraße wurde zu klein. Wir fanden ein Grundstück in der Luitpoldstraße und haben dort eine Doppelhaushälfte gebaut, auch selbst entworfen, alle Gewerke wurden ausgeschrieben und einzeln vergeben. Die Elektroinstallation im ganzen Haus habe ich selbst vorgenommen, einschließlich der 108 Steckdosen im ganzen Gebäude. Einmal kam nachts die Polizei, weil sich Nachbarn über die Arbeit beschwert hatten. Ich musste aber meine Arbeiten abschließen, weil die Putzer quasi vor der Tür standen. Die Polizei stellte fest, ich sei der Bauherr und als Bauherr darf man auch nachts arbeiten.

Zu der Zeit arbeitete ich schon mehrere Jahre als Hauptabteilungsleiter bei Bölkow. Um dort Karriere zu machen, hätte ich nach Ottobrunn umziehen müssen. Das wollte ich aber nicht, weshalb ich mich 1980 selbständig machte und eigene Alarmanlagen entwickelte, von denen ich auch 40 Jahre später noch viele betreue. Ein neuer Lebensabschnitt hatte damit begonnen.

Epilog

Konrad Dimbath wurde ein erfolgreicher Geschäftsmann, der über 40 Jahre lang sein eigenes Unternehmen leitete.

Seine Ehe mit Ulrike war nicht von Bestand. Als wir uns kennenlernten, war er bereits einige Jahre alleine mit seinen Kindern in seinem Haus in Krailling verblieben. Ich hatte das große Glück, mit ihm 31 Jahre gemeinsam verbringen zu dürfen.

Konrad Dimbath verstarb am 20. August 2023 nach langer schwerer Krankheit.

Seine Erinnerungen veröffentliche ich in tiefer Dankbarkeit.

Gabriele

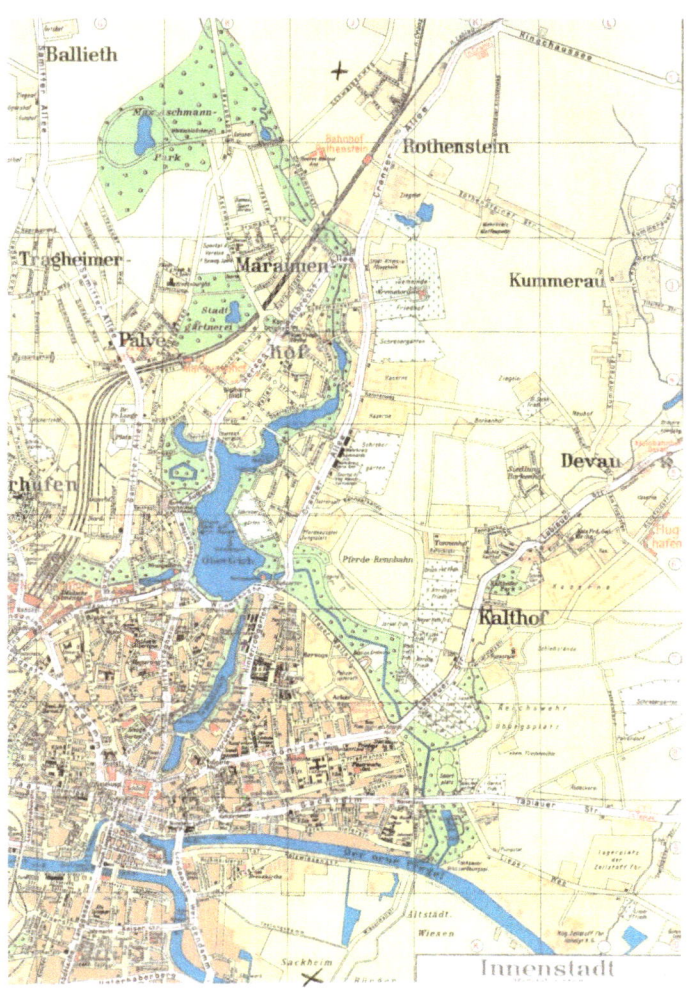

Königsberg mit Schwalbenweg (Norden)

und Sackheim (Süden)

1992 Königsberg Schwalbenweg

der Lawder Hof

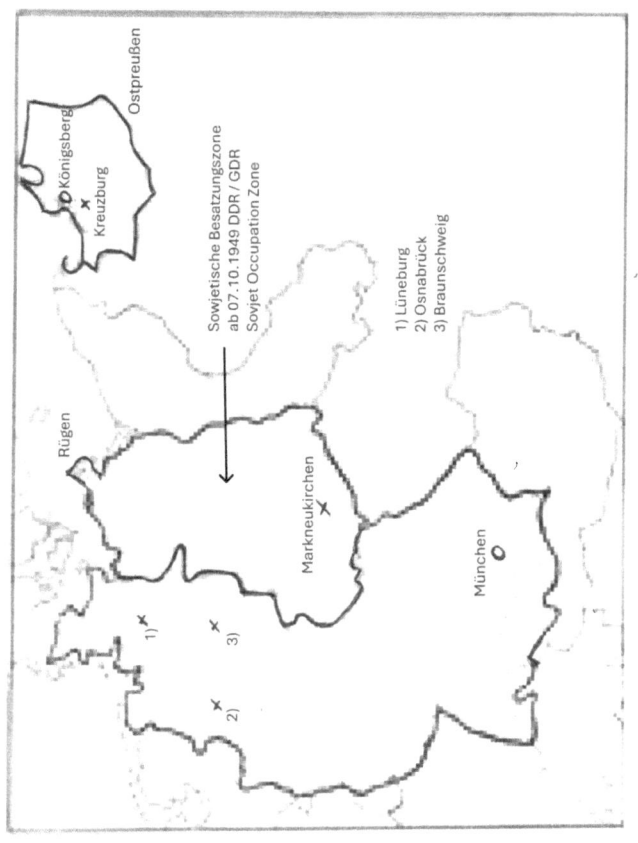

Ostpreußen

Königsberg
Kreuzburg

Sowjetische Besatzungszone
ab 07.10.1949 DDR / GDR
Sovjet Occupation Zone

1) Lüneburg
2) Osnabrück
3) Braunschweig

Rügen

Markneukirchen

München

1)
3)
2)

56

Die in diesen Erinnerungen erwähnten
Stationen der Familie wurden markiert.

The places mentioned in this book
have been marked.

Westenwaldstr. 144
1948

1)

2)

3)

58

Die Ruine in der Westendstraße 144,
neues Zuhause in München ab 1948

1) Hupfauf Lebensmittel / grocery

2) Wohnung Werner / our apartment

3) Hausmeister Breitenauer / caretaker

Part II

Translation into English

Prologue

These are Konrad Dimbath's memories of his childhood in East Prussia and his youth in West Germany after the Second World War.

In 2018, Konrad Dimbath wrote the first draft of his memories, gradually changing and adding details and researching dates and places. Further handwritten notes were inserted to this final version.

These memories are testimony of the time in East Prussia before it fell to Russia. And they allow us to participate in the period of reconstruction after the Second World War. A legacy for friends and companions and all family members, in Germany and in the United States of America.

The English language is not my native language. I beg the reader's pardon for mistakes this translation should contain.

I, Konrad Dimbath, was born on 29 March 1937 on an Easter Monday in Königsberg/East Prussia.

When we applied for our Carta D'Identità (Italian identity card) in Tuscany, Italy, in 1996 and I gave Königsberg as my place of birth, the responsible official in our municipality of Fivizzano filled in "Russian" as the nationality on the registration form without hesitation. It took some argumentation and persuasion to wrest the nationality "German" from the authorities, as Königsberg had been German territory for centuries in 1937.

But my memories of Königsberg are very poor. I know that our house at Schwalbenweg 26 in Rothenstein must have been about a 15-minute walk from the "Pferdekopf" tram stop. My mum wore glasses, but rarely wore them outside the house. So when we walked to the tram stop and the tram approached, my mum always asked if it was the Ringelbahn. I must have been about three or four years old, and the Ringelbahn was line 8, which we could then travel on. We probably took this line to my grandmother's house in the centre of Sackheim.

My grandmother lived on the third floor of a multi-storey building. There was a parlour in the flat and a sewing machine in one corner, and it was our greatest pleasure to operate the treadle as fast as we could with our hands until the flywheel whirred.

We rarely went into the kitchen next door. The story went that anyone who was cheeky or disobedient in the kitchen would have the wet wash cloth pulled around their ears and, like a whip, the last end of the cloth would hit their cheek or ear with great force, which was both painful and extremely unpleasant because of the surge of water. However, I must confess that I never went through this ordeal, because I was my grandmother's favourite, she nicknamed me Kauerchen.

Spiteful people said that when we went out and had to get dressed, we were told "Richard, put your coat on" and "Kauerchen, come I will help you". Richard is my younger brother by a year. In the time of crisis after the First World War, my grandfather died of a heart attack on a trip to Rositten on the river Pregel. Even then, the war made a deep impact on the family history. Grandfather Dimbath probably owned a timber business, which my grandmother had to lease and then sell after his death. The tenant and new owner was able to pay the debts with inflation money and the assets were gone.

My grandmother had to feed herself and her three children by peeling amber. Years of working with bent fingers meant she could no longer stretch them and when gout set in at an advanced age, her hands looked crippled. My grandmother lived in Osnabrück after the war and I remember her as a very warm-hearted and loving woman.

One of my grandmother's brothers was great uncle Ernst. He was a former secondary school teacher and lived in Braunschweig after the war. I visited him twice with my bike. And from time immemorial, every visitor got 5 marks from him, even my father in Königsberg. He later complained about his fate to my grandmother in heartbreaking words: "I'm an idiot, a horn ox, how could I marry Lieschen? Now she's making my life hell. I'm sure she only married me for the pension." He soon died too.

I can vaguely remember my other grandparent Rosenkranz's flat. But I know they had a piano that we weren't allowed to play. My mother had two sisters who probably played the piano but also aspired to higher things. One of them, aunt Gerda, really wanted to marry a count, or so they said. She also had a count as a boyfriend, but ended up living in Lüneburg as an unmarried woman. The father of this family, Grandpa Rosenkranz, was a driver, became a haulage contractor after the war and I remember him as a short, chubby person with a cigar. Again, spiteful people said that he was the last illiterate person in Königsberg.

We discussed the origin of the name Rosenkranz for a long time. My father had proven our Aryan ancestry during the Third Reich. Proof of Aryan ancestry means it had to be proven that there were no Jewish family members for the last generations since 1800. Anyway, my mother's maiden name was Rosenkranz, which sounds quite Jewish. However, this would indicate the origin of intelligence in our family, while the practical skills could, according to this theory, come from the family Schulz, who were great-grandparents.

During my first years in Königsberg, I lived in a house on Schwalbenweg. It was a small settlement house in the suburb of Rothenstein, timber-framed with a ground floor and upper floor. It had a large living room window facing the street, wide enough to sit on the windowsill with my brother Richard when the weather was nice and let our legs dangle outside. Mostly, I have the fondest memories of joint activities with my brother; we didn't let our sisters Hildegard and Inge participate much. Our youngest sister

Louise died when she was still a baby.

Our neighbour in the next house was Mr Meier. Our properties were separated by a wire mesh fence. In summer and when the weather was nice, my brother and I often ran around naked in the garden. We always kept our distance from Mr Meier's fence, as he had repeatedly told us that he would cut off our little dicks. Looking back, I think it was just fun.

There was a sandpit and a rabbit hutch in the garden. The front door was at the back. Part of the back was separated by a privacy screen, or was supposed to be. In any case, there were already holes in the ground for the support posts. There was also a dining table on wooden legs in the area.

At the time, we had a Polish domestic help called Alexandra. I don't remember exactly how she cooked and how good the food was. But when we didn't like it, the food disappeared into the holes in the ground prepared for the posts. I don't remember whether this was ever discovered.

I spent my first days at school close to Schwalbenweg, about a 15-minute walk. Back then, the usual underwear consisted of a closed and buttoned bodice with one disadvantage: going to the toilet was only possible by taking off the complete underwear and that wasn't possible at school, so you couldn't use the toilet until you got home. It was an agonising journey home and I'm not sure I always managed to get home with dry trousers.

In autumn, horse-drawn carts loaded with cabbages passed by on the road in front of our house. At some point, we had the cheeky idea to get our hands on these cabbages. Nothing could be easier. We quickly found a two metre long pole, hammered a nail through the top and the cabbage pinching tool was ready. All we had to do was walk a few metres behind the cart, drive the nail into a head of cabbage and pull it down. I can't remember what we did with the cabbages. We certainly didn't eat them all.

Unfortunately, the cabbies weren't completely stupid either and had somehow noticed our attacks. It happened during one of our raids. I had just picked up a big head of cabbage when a rough force lifted me into the air. The mean coachman had dismounted from his coachman's seat while his horses continued their usual trot. He let the carriage roll past him and had us little villains right under his nose as we pulled one cabbage after another off the carriage. All he had to do was grab us, because during our outrageous attempts we didn't notice the trap. I think we must have been so terrified that I have forgotten any further punishments. Only that I wet my pants after a long time. I also don't remember stealing any more cabbages.

We also visited the city of Tarau on one of our trips through East Prussia. Everyone probably knows the song "Ännchen von Tarau". We found the church in ruins, all the gravestones had been torn out of the walls. It was rumoured that they surched for the famous Amber Room from Königsberg Castle. The village of Lawd must have been nearby. The farm there belonged to a distant relative. My father had often been there when he was a boy, as we when we were still small children. There is a photo of the farmer of Lawd holding one of us riding a living pig. Later we weren't sure whether it was Richard or me.

Only one side of the Schwalbenweg was built on. When we sat on the windowsill, we looked across a large meadow. Railway carriages could be seen far behind. It could have been a marshalling yard. This railway station was the target of bombing raids, which we survived in the cellar. We could hear the explosions and the whistling of the grenades. The war was getting closer. During this time, a soldier was billeted with us on the upper floor. He

probably had a family connection. Once, I think we were alone, he called us into his room and showed us his dick and told us to touch it. But we couldn't do anything

with it and remained reserved. I was impressed though, because the incident stayed in my memory. Strangely enough, there was a similar occurrence with a black American soldier later after the war, which left me rather horrified. But I wasn't traumatised and damaged for life.

The bombing raids became more frequent and we were billeted with our great-grandmother in Kreuzburg, a small village about 43 kilometres from Königsberg. We were safe here for the time being. My grandmother's mother lived in a small house on a village street and we were accommodated on the upper floor. The orchard was huge. Behind the house, there was a flight of steps about 30 metres down into a hollow through which a stream flowed. A wooden footbridge led over the stream, then it went uphill again for 30 metres, at the top of which were a number of fruit trees. The garden was bordered by a small wall, behind was by the local cemetery.

When my father came to Kreuzburg on holiday one summer, we had a wonderful game. We formed balls of mud from the clay in the stream, put them on sticks and threw them against a brick wall, where they burst with an audible smack.

When Richard and I visited East Prussia and Kreuzburg in 1998, we found the house was still intact and inhabited. There were many open graves in the cemetery. The Russians had obviously been looking for dental gold there. The neighbouring brick building was also still standing, it had probably been a prison for a while.

We travelled from Kreuzburg to Königsberg again to get things from our house. In the meantime, there had been some heavy bombing raids. I remember a collapsed house, smoke was still coming out of the cellar windows under the pile of rubble. One gable wall had remained standing. A bathtub was hanging on the wall of the bare gable wall on the third floor.

Thank God, before the escape panic begun, my mother with Richard, Hildegard an me moved in with my aunt Charlotte, called Lottchen. She was my father's sister and lived in the city of Bergen on the island of Rügen. Inge stayed with our grandmother in East Prussia.

We lived with aunt Charlotte for a while at Bahnhofstrasse 76 on the third floor opposite her flatmate Ursel Richert. Times got harder here, too, the Russians also came to the island of Rügen.

We had a good time on Rügen at first. Once, aunt Lottchen had organised a smoked ham through connections. This ham was hanging on a beam in an adjoining room, which served as a pantry, with the brown smoked rind on the outside. Even back then, Richard and I were always on the lookout for tasty things and so we came up with the idea of trying out the back bacon which tasted good. And so we got into the habit of secretly cutting off small pieces from the back again and again. The front of the ham always looked untouched and intact. In the end, only the hollowed-out rind was left hanging from the nail and the scandal was inevitable. Even for my good-natured auntie Lottchen that went too far, she was extremely upset.

Down by Bahnhofstrasse towards the railway station, there was a dairy at the next major junction. Even in bad times, milk was still available there, which we were allowed to fetch in an aluminum milk churn. A favourite game was to sling the can over your head in a circle without spilling a drop of milk. Most of the time it went well. If not, there was trouble, but the fun was worth the risk.

There was a wonderful sand pit on the Bergen bypass. Anyone with courage could jump several metres from the top edge into the soft sand. That went well except for one time when a friend accidentally jumped on my leg and my right shin was broken. A labourer carried me on his shoulders to the hospital, the distances in Bergen are not great. There I was given a massive plaster cast for six weeks. The skin soon started to itch terribly under the plaster. I tried to relieve it with a stick, which was only moderately successful. During the six weeks, my right leg became spindly and I had to eat raw grated potatoes. After removing the plaster cast and the first time I walked, I felt like my foot was sinking into the ground.

In between, we lived with a neighbouring farmer, I think in a pigsty. This was probably because my aunt had her first child, my cousin Detlef. I survived my typhoid fever there with the farmer and we were then able to move into a proper flat on Ringstraße.

Bergen lies roughly in the centre of the island of Rügen. The Bahnhofstrasse rises gently from the railway station in the hollow up to the church. Before that, it widens into a square where there used to be a cinema. I saw my first film there. In that film, people were thrown off a cliff into the sea. At the time, it seemed outrageous to me to kill people for a film. I had no idea about actors back then.

Then the Russians came in 1945 and everything got worse. My mother and Richard got typhoid fever and were hospitalised. Richard survived, but our mother Ruth died and aunt Lottchen suddenly found herself with four children. My father Werner was a French prisoner of war and my aunt Lottchen's husband was a Russian prisoner.

Aunt Gerda and our grandmother fled from East Prussia with my sister Inge across the so-called green border to Denmark, where they had to live in an internment camp for two years. They were then able to return to Germany and went to Lüneburg. My sister Inge died there of meningitis in 1948, Hildegard stayed with aunt Gerda.

My father had made several attempts to escape from the prison camp and from moving trains before the end of the war. During one attempt, the escapees had to swim across the river Schelde, where one of the three fugitives drowned. On the next attempt, they tried to ask a farmer for directions. The farmer recognised them as escaped prisoners of war, held my father by the rucksack and hit him on the head with a so-called serpe, a meat cleaver. He kindly used the blunt side, as the sharp side would have split my father's skull open. The escapees were transported back to the prison camp. From that time on, my father had a deep scar on his head. He was sentenced to prison by the French for an attack on the farmer, where he then fared very badly. Thanks to the intervention of American acquaintances (including Erika Jtskowitz in New York), who campaigned for him through the Red Cross, he got better.

When the Russians moved into Bergen, I remember a caravan of Panje wagons completely loaded up with mattresses travelling through Bahnhofstrasse. The NS district leader on the floor below us, Mr Böttcher, lost his mind and beat his bed with tin spoons and kept shouting "that's gold!".

Before the Russians moved in, the Germans had hung a so-called traitor from a tree on the market square. Of course we went to see how he was dangling there.

There were no school lessons for about a year. Instead, I became a good dodgeball player on Bahnhofstrasse. We also went on an excursion on foot from Bergen to Binz once, I think we spent the whole day travelling.

Doctor Wegener had his medical practice two houses away. We once had to go to him with my sister Hildchen because she had put cherry stones in both nostrils and we couldn't get them out. An older boy lived in the same house who was always teasing us and probably beat us up. I hated him and dreamed for a long time about how I would get back at him and beat him up when I was older. I would have loved to be taller straight away.

Times were bad after 1945. We used to pick ears of corn on the harvested fields and exchanged them for flour. In autumn, we could collect beechnuts in the large, sparse beech forests and exchange them for oil. Sugar beet was available and syrup was boiled down in the washhouse in the back building until it was thick enough for spreading. This usually took nine to ten hours, during which time we had to keep stirring and adding wood under the wash tub. Once at the time we were delighted because the evaporation process was unusually quick. Unfortunately, in the end it turned out that the kettle had a hole in it and the whole brew dripped into the fire, all that work for nothing and no syrup.

On the other side of the railway line there was a shallow pond in a meadow, ideal for us to plunder the lapwing nests and fry the eggs. Aunt Lottchen was allocated a 500 square metre plot of farmland near the village of Bergen for self-sufficiency. We often travelled there by bike, with me on the pannier rack, and planted potatoes and vegetables - I don't remember what the yield was.

Aunt Lottchen had her second child, Evi, about 1948. Richard and I had to go to a children's home in Sassnitz for a quarter of a year to make it easier for her. There we mainly ate something like a gruel soup made from grated raw potatoes. We also went to the village school there, there was only one class, all age groups were in one room. From the children's home you could see the sea from the cliffs. There were huge round rocks in the rubble on the beach below. In the distance, ships passed by from time to time. There was a lot of singing in the home, especially before going to bed. I think that's how I know most of the church songs. But it wasn't a nice time. A quarter of a year has about 90 days. In Bergen, before I left, I took a piece of bread and cut it into 90 small cubes, and in the home I ate one cube every evening. That way I could always see how much time we still had to be in the home.

My father was released from captivity in 1947. Because a former comrade from the war, Mr Pitzer, had become police commissioner in Munich, my father went there. Königsberg was lost. No home, no family, so he reported to the hospital. They asked him what was wrong with him, but he was healthy so far. "We can't take you in if you're not ill." My father had a stiffened ring finger on his left hand from the war. So he decided without further ado to have his finger removed. This gave him a bed, food and a short rest for four days.

In his search for a flat, he found what he was looking for, a bombed-out building at Westendstrasse 144. The house, a ruin, belonged to the Spaten brewery, and the ground floor of the collapsed front building had been a pub. The ground floor of the rear building was still habitable and a Bavarian family called Hupfauf lived there. Two rooms on the first floor of the rear building under a half-collapsed roof were also habitable. The stairwell had collapsed and the two rooms could be reached via the pile of rubble in the front building and a firewall that had been left standing. My father moved in there.

There was also a large vaulted cellar at the rear of the building. This is where my father started a nail forge, together with Willi Wenzlaff, who was a former comrade-in-arms, and later Erich Reith.

Making nails is quite simple: cut a suitable thick wire to the right length, clamp it in place and hit it hard with a hammer on top. This creates the head and the wire slides back two millimetres through the holder, creating the little teeth on the sides. The nail is finished. The machines for nail production were made by a company called Stockinger which at that time lay in the still undeveloped area between the railway tracks behind Westendstrasse. They were simple clamping devices.

My father sent kilos of these home-made nails to my aunt in Bergen. Nails were in short supply on Rügen. They were exchanged for clothes, shoes, food and everything else they needed at the swap shop opposite the cinema on Bahnhofstrasse.

By 1948, my father had gained a foodhold in Munich and the family could be reunited. Uncle Gerhard, my father's brother, picked Richard and me up in Bergen. Aunt Lottchen went to Osnabrück with her children Detlef and Evi.

Richard stayed with uncle Gerhard in Markneukirchen for a few more years. The German violin makers lived there and uncle Gerhard produced bags for the musical instruments. I also spent a few days in Markneukirchen. During those days, I learnt to swim by myself in the local swimming pool, in a corner of the pool: three strokes fro and then three strokes back. After a few days I was doing quite well. Then uncle Gerhard took me to Munich, for the first few months to the orphanage at Spengelstrasse in Freimann, then to Westendstrasse 144, to the ruins.

In the rear building, which had remained undamaged by bombs, there was a caretaker, Mr Breitenauer. His flat was on the first floor; he had positioned himself with a cushion in the window and kept an eye on what was happening in the courtyard. Of course, we were busy playing and making noise with the children and were also, of course, constantly and loudly insulted from the first floor as snotty-nosed, bastards and "Saupreussen", which means piggy Prussians.

One of the players from the neighbouring house was a boy named Bibi. We also had verbal battles from the fourth floor, from his balcony. Once I hit him on the forehead with a slingshot, we were already good at aiming well

then. But because we weren't shooting with stones but with the nails from mountain boots, he had a serious wound.

Under the light well in the courtyard was the nail workshop and later my father's sledge warehouse. He had bought several hundred sledges from the Wohlgemut company to sell at Christmas.

At the very beginning, my father also slept in these damp, cold vaults, which were probably former air raid shelters. The electrical appliances were hot because of the poor insulation, especially the hob. My father, with his calloused hands, didn't feel anything. For me, there were real electric shocks, but I was still supposed to touch the kettle.

In the evening, my father and I climbed over the pile of rubble and the firewall to the first landing, which had been preserved and was out in the open. From there, there was a flat entrance door that led along a long corridor towards the two habitable rooms. Family Hupfauf lived below us. When we walked along the long floorboards, Mr Hupfauf would immediately shout "a Ruah is!" („Be quiet" in Bavarian dialect).

When it rained, the floorboards in the corridor swelled and the water was centimetres deep in the hallway. The owner, Spaten brewery, did not respond to complaints. So my father resorted to an emergency measure and drilled holes in the floorboards. Now the water could run on to Mr Hupfauf. Following his complaint, the half-collapsed roof was provisionally repaired.

Part of the ceiling on the gable wall on the third floor of the collapsed front building had survived, and there was a piano on the metre-wide section. Unfortunately, it was out of reach for us.

The first improvement was a ladder to the second landing, so we no longer had to climb up the mountain of rubble. A little later, there was a chicken ladder with wooden railings over the first to the second landing, which was almost comfortable.

Richard went to the nearby primary school, he had moved from Markneukirchen to Munich in the meantime. I went to the Gisela upper-secondary-school on Elisabethplatz, about a 45-minute trip by tram. Richard once came home from school and told me that the teacher had told a story about "animated bread rolls". We talked him into it for a long time because it could only mean "sandwiches". But Richard was unwaveringly about "animated bread rolls". In German sandwiches are „belegte Brötchen", but he understood „belebte Brötchen", which means „animated bread rolls".

I enjoyed going to school. I was a fast runner and a good jumper. Unfortunately, I took lessons too lightly. Splashing about on the way home was much nicer than doing homework, and then there was my poor language skills in French. So my secondary school career ended in the third year. There was no such thing as sitting out for my father. So I went to the Pasold-Weißauer commercial school to complete my secondary school leaving certificate. There I learnt bookkeeping and managed 140 keystrokes per minute on the typewriter and 120 syllables in shorthand.

During this time, I completed an internship at the Baukecht plant in Welzheim near Stuttgart in the repair department for kitchen appliances. Mr. Rübsam was the director of Bauknecht at the time. The castings for kitchen machines were moulded in the factory. A trainee from India once unscrewed a fermented machine and was sprayed full of the old oil, he hasn't touched a machine since.

From Welzheim I started my big tour of Germany by bike, via Cologne to Holland, Rotterdam and Amsterdam with the Reichsmuseum, Flensburg, Laboe Naval Memorial, Copenhagen with Tivoli, Lübeck Armenkirche and back to Munich, about 2000 km.

On Westendstrasse, we were always the "Saupreissn", usually on the run from the local boys. That's when we really learnt to run fast and we needed it. Richard was always a bit slower and I often had fights with the Bavarian boys so that Richard could get away.

My father had a special culture of punishment. Minor offences were punished immediately with so-called Mutzköpfe. Mutzköpfe hit the back of the head with a flat hand, as opposed to a Kopfnuss, which is given with a closed hand. The problem was my father's ring. He wore a ring on his right hand which was made from two wedding rings with a dark semi-precious stone on the top. This ring naturally hit our heads and, depending on the force, could cause a bump.

For serious offences, such as coming home late and others, there were beatings on the bottom. My father had brought a wide leather belt with him from Russia. However, we could negotiate the number of strokes in case there were reasons to reduce the punishment, such as a power cut on the tram. Then the punishment could be reduced from three strokes to two strokes with the belt. Because I was the older one, I always got the punishment first. Stand up, stick your bum out and grit your teeth. First blow, second blow. Richard stood next to me and started moaning and crying by the second stroke at the latest. The result was that I usually got the full punishment, but it was reduced for Richard if it wasn't cancelled completely.

There was no pocket money back then, but we had the sale of old radiators from the ruins as a source of income. Selling the old lead pipes from the toilets to scrap dealers was particularly profitable. My father sold his nails from his own production and shoe supplies such as soles, heels, taekse, hammers and tripods. His first stall was in an open area of ruins on Sendlinger Strasse. Today, one of Munich's oldest inns is located opposite. Every day, my father would cycle from Westendstrasse to his stall with a rucksack full of items. At the very beginning, we also had to walk. Then we set up a wallpapering table and did business. The next few years were the stall period.

The next stand, a wooden booth that could be locked in the evening, was opposite the main railway station on Bayerstrasse. The largest and most beautiful stand was then located on Kaufinger Strasse near a Beate Uhse shop, because there was also a Pustefix bear here, which constantly blew soap bubbles over the pavement. Erich Reith was co-owner of the stand. Before that, there was another stall right opposite today's shop called Oberpollinger at Karls-tor. This place was very interesting, we were always direct spectators at the carnival processions.

The neighbour's name was Mr Wandlinger, who always squinted with one eye into the sky. Through him, my father came to a property at Waldfriedhofstrasse 76.

Throughout the years of the stall, my father went to a fish fry in a side street every lunchtime. I think he had never overeaten baked fish.

The currency reform came in 1948. We had stocks of a few Reichsmarks from our scrap metal shops. We wanted to use them to buy small bicycle light bulbs in a bicycle shop, but there were none left and nothing for Reichsmarks. The next day, our money was worthless and we were immediately able to buy bicycle light bulbs again, but we couldn't pay for them.

At that time, my uncle Gerhard came to visit us at West-endstrasse. He was surprised by the currency reform in Munich. Because he was still a citizen of the GDR, he didn't receive West German Deutschmarks like everyone else, so he was left penniless. But because he was already preparing to move to the west, he had already brought a suitcase with red ribbon with him. He took this suitcase of ribbon to Marienplatz the day after the reform and sold it by the metre. After selling many metres of ribbon, he was a relatively rich man in the evening. The people of Munich had ripped it out of his hand like crazy.

In the meantime, my father had remarried. In 1948, my brother Bernhard was born at Westendstrasse. The collapsed front building had been rebuilt and we moved into the new house at Waldfriedhofstrasse around 1953. At the time, I had started a three-and-a-half-year apprenticeship as an electrical engineer at the Elektro-Blitz company at Infanteriestrasse. During these three and a half years, I cycled 13 kilometres in the morning and in the evening in summer and winter. Once, on a cold winter morning, the wind was blowing so merciless on the way to my apprenticeship that I got a strange feeling in my ears about a third of the way along the Westendstrasse. I stopped my bike to feel what was wrong with them. I got a big fright - they were stiff and freezing cold. When I arrived at the training centre, I was able to thaw them out again. Both ears felt as if they weighed a kilogramme and started to glow and itch. Fortunately, they didn't break off the first time I touched them on Westendstrasse.

I also remember breaking into the ice on the Nymphen-
burg Canal with my friend Christian. We rode our bikes
across the ice, but it was too much weight. We collapsed
and I was up to my chest in water. I had to get the bike out
of the water and hoisted it up with my foot. Then I cycled
15 kilometres home in minus 10 degrees Celsius. All my
clothes were frozen, only my arm and leg joints could
move. At home, I undressed, went to bed and didn't even
catch a cold.

My first trade fair experiences with kitchen appliances also
date back to this time. A demonstrator from Bauknecht
made the visitors and farmers stop and listen. He threw
whole eggs into a mixer in front of the astonished trade
fair visitors, then an apple, but before that came the question to the audience: where are they, not the worms, the vi-
tamins? Under the peel. Then a carrot and a whole piece of
banana, with peel of course, disappeared into the mixer,
along with a shot of eggnog. The result was still a delicious
juice. This was served and distributed in small glasses. The
crowd of salespeople lurked in the background, each eye-
ing a visitor, then approaching them and trying to get
them to take a seat at one of their tables. Then the sales talk
about the excellent Bauknecht kitchen appliances began.

The saying went: "Whoever sits must sign". This is where Richard and I had our first sales successes at trade fairs.

The new building at Waldfriedhofstrasse, with eight metres of street frontage, was now home to the "Präsident" express laundry. The topping-out ceremony was celebrated in the Waldfriedhof restaurant. The architect was an East Prussian named Skoda who loved to drink. At a late hour, my father sang an old carpenter's song and offered a local round if anyone else could sing it.

The song went like this:
One, two and three, old is not new,
New is not old and warm is not cold,
Cold is not warm, rich is not poor,
Poor is not rich and crooked is not straight
Straight is not crooked, clever is not stupid,
Stupid is not smart and the cart is not a plow,
A plow is not a cart, singing is not saying,
Saying is not singing and dancing is not jumping,
Jumping is not dancing, fleas are not bugs,
Bugs are not fleas and rabbits are not deer,
Deer are not rabbits, tongues are not noses,

Noses are not tongues and livers are not lungs,

Lungs are not livers and the farmer is not a weaver,

Weaver is not a farmer and sweet is not sour,

Sour is not sweet and hands are not feet,

Feet are not hands and gables are not walls,

Walls are not gables and wills are not primers,

Primer is not a will and now my song has an end.

Mr Skoda asked Richard if he could sing the song. He could, sang, and my father had to pay the local round. Our grandmother had taught Richard and me the song when we were small children.

At the time, my father was travelling a lot around Munich to sell Bauknecht kitchen appliances. A fellow soldier had become a director at Bauknecht. The laundry was to be run by my stepmother. My father had a nice imagination for her, she would only have to sit behind the till and collect the money from the customers. In reality, it was a full-time job with several washerwomen and ironers. Meanwhile, I was doing my mechanical engineering apprenticeship, got 7 marks and 50 pfennigs a week and had to hand over half of it, which I thought was unfair.

Richard had started an apprenticeship at a company called Tost, which made cable winches for gliders. One day he came home without eyebrows and with his hair singed. He had poured nitro thinner into the oven to light it and, when it didn't light up straight away, he looked into the oven door. At that moment, a jet of flame came out of the oven. At my parents' request, Richard had to change his apprenticeship to Reindl industrial laundry, as he would later take over our own laundry. He was soon helping out there too.

At the time, we were pretty crazy, for example there was the question of who could do the most squats. I started with 50. The next evening Richard did 100 squats, so we increased every evening. We stopped at 400.

During my apprenticeship and later during my studies at the Oskar von Miller Polytechnic, I took the finished laundry out in the evenings. I had successfully completed my apprenticeship as an electrical engineering technician. The change from school to apprenticeship was a shock for me. I would never again see Munich during the day on a

working day, because my apprenticeship started at seven o'clock and ended at five o'clock in the afternoon. But it wasn't quite so bad, because I was often allowed to cycle to the Findler company on Schwanthaler Strasse to get electrical parts.

It was also the time in Munich when many companies were switching motors from direct current to three-phase current, and the Elektro-Blitz company was big in that line of business. So we often travelled in pairs, the journeyman in front and me behind on the transport bike, through Munich to the assembly site.

But these experiences also motivated me to continue learning. The Polytechnic suited me very well because it combined theory and practice in a meaningful way. After eight semesters, I was an engineer. At that time, at the age of 23, I found life on Waldfriedhofstrasse extremely unsatisfactory. My stepmother and her mother, grandma Anna, only had one sweetheart, my small brother Bernhard. He could afford everything and the two women stood like a concrete wall to protect him, nothing was allowed to happen to him. We, Richard and I, were always the bad guys and my father didn't care.

I wrote a dossier to get all this frustration about the family situation off my chest. At the time, I lived in the converted attic under the roof. For some unknown reason, my father found the dossier in my desk and he was outraged. Of course, so were my stepmother and grandma. At the time, I was a week away from my final exams as an engineer. A family council was convened. The outrageousness of the accusations was unanimously recognised and it was decided that I had to leave the house immediately after my exams.

But by then I had already been offered a job at the BBC company in Mannheim Käfertal and I was very proud to receive 25 marks more per month than normal, in fact 725 marks per month, because of my good final grades. I found a room with a widow Wünsche in Käfertal and started working for a man with the name Dr Schaufuss, (he was called Schlaufuchs, that means „clever fox"). He was involved in measuring distances on machine tools.

My first car in Mannheim was an old Citroen 2CV. The maximum speed on the motorway was around 60 km/h, and at higher speeds the front axle began to shake and shudder loudly. Naturally the 320 kilometres tip from Mannheim to Munich took quite a long time. I had taken our Klepper Aerius, a folding boat, with me to Mannheim. Paddling in the arms of the Old Rhine was marvellous.

Richard had stayed in Munich and was supposed to make a career as a master laundryman in his own laundry. But he had a friend from upper circles called Uwe Heisig. He lived in his father's house, a government official, surrounded by original paintings. This friend believed that Richard was born for something higher than being a master laundryman, and Richard believed it, too. During this time, he also painted bloodthirsty, bright red paintings of waves and landscapes. He stopped working in the laundry, took a third or fourth educational path to achieve a high school diploma. Then he started with commercial studies. The subject of statistics caused him considerable problems, but after the third attempt he was a qualified merchant.

I liked it in Mannheim and at BBC. The Odenwald, the Black Forest, the Rhine, the carnival. From Mannheim, I had a three-month training at the BBC plant in Dortmund. I met a beautiful girl there. Her name was Ulrike, her father was a lawyer and had an office next to the Reinoldi Church in the centre of Dortmund. Whenever I visited him, he would quickly hide his crossword puzzles in his desk drawer. The office wasn't doing very well. He had eight siblings and his father had been Minister of Mining.

I saw the stunning certificate of appointment with Kaiser Wilhelm's signature myself.

I wanted to marry this girl Ulrike, who was about to finish school, so I had to be close to her. So I changed my employer from BBC to Langbein Pfannhauser in Neuss on the river Rhein, a company that made electroplating machines for industry for all parts that needed to be chrome-plated, nickel-plated or cadmium-plated.

We got married in the Buschmühle restaurant in Westfalenpark in Dortmund. My father was against the marriage for reasons I don't know. An ultimatum helped us: either you come to the wedding or I won't come to Munich any more. He came to the wedding.

We had a two-bedroom flat in Neuss. But it was always clear that we would move back to Munich. The lakes, the mountains, the family. In Neuss and the surrounding area there were only endless fields of white cabbage. Düsseldorf's old town was much more interesting. I loved eating mussels with wholemeal bread and drinking Altbier there.

Then the time had come - I got a job at Junkers as an executive assistant. At first we had a flat in Munich, Schellingstrasse, but somewhat later I was able to buy a flat in Krailling on Bergstrasse at the amount of 110,000 DM. My father added 10,000 DM.

At that time, my parents were already living in Krailling in a semi-detached house on Mozartstrasse 3. For a long time, my father had tried to persuade my stepmother to move to Unterzeismering near Tutzing at the lake of Starnberg. He had bought 3,000 square metres of sour meadow from a farmer for a small sum of money. The farmer thought my father was slightly stupid. At first there was a wooden hut on the property, a former sales stall. From the hut, we could see the lower placed cow meadow. Once, my friend Christian Kirsten and I, shot at a cow with an air rifle. We must have hit it in a sensitive spot, because it sped off at full speed and only came to a stop when it got stuck at the next barbed wire fence.

We had wonderful holidays there. We spent days on the lake with our Aerius Klepper folding boat. A girl named Bärbel Grimoni, a fellow soldier's daughter from Düsseldorf, became my first great love there.

My father then built a proper house in Unterzeismering and wanted to live there permanently. He wanted to run an edible snail farm as a source of income. He had also bought 3000 snails, but the summer at that time was very wet, the snails caught tuberculosis and most of them died. The survivors continued to populate the area at an above-average rate for years afterwards. My father also said apologetically that the snails didn't fit his temperament.

But my stepmother didn't want to go to the country. So the house at Unterzeismering was sold and the proceeds were used to buy the house on Mozartstrasse in Krailling.

Our children Rodia and Roland were born in 1970 and 1972, and the flat on Bergstrasse became too small. We found a plot of land at Luitpoldstrasse 19c and built a semi-detached house there, which we also designed ourselves. I did the electrical installation in the whole house myself, including the 108 sockets throughout the building. Once the police came at night because neighbours had complained about the work. But I had to finish because the plasterers were almost at the door. The police realised that I was the builder and as a builder you are allowed to work also at night.

At that time, I had already been working for several years as the main department manager at the Bölkow company situated in Ottobrunn, about 30 km away from Krailling. With the suburban train it took about one hour to get there. To make a career at Bölkow, I would have had to move to Ottobrunn. But I didn't want to do that, so I set up my own business in 1980 and developed my own alarm systems, many of which I still look after 40 years later. A new chapter of my life had begun.

Epilogue

Konrad Dimbath became a successful businessman, running his own company for over 40 years.

His marriage with Ulrike was not lasting. When we met first, he had been alone for several years with his children in his house in Krailling. I had the big fortune to spend 31 wonderful years together with him.

Konrad Dimbath died on August 20th, 2023, after a long, serious illness.

I publish his memories with great gratitude.

Gabriele